KB198857

미란과 오봇

미란과 오봇

펴낸날 2025년 1월 16일

지은이 정진태
펴낸이 주계수 ㅣ **편집책임** 이슬기 ㅣ **꾸민이** 전은정

펴낸곳 밥북 ㅣ **출판등록** 제 2014-000085 호
주소 서울시 마포구 양화로 156 LG팰리스 917호
전화 02-6925-0370 ㅣ **팩스** 02-6925-0380
홈페이지 www.bobbook.co.kr ㅣ **이메일** bobbook@hanmail.net

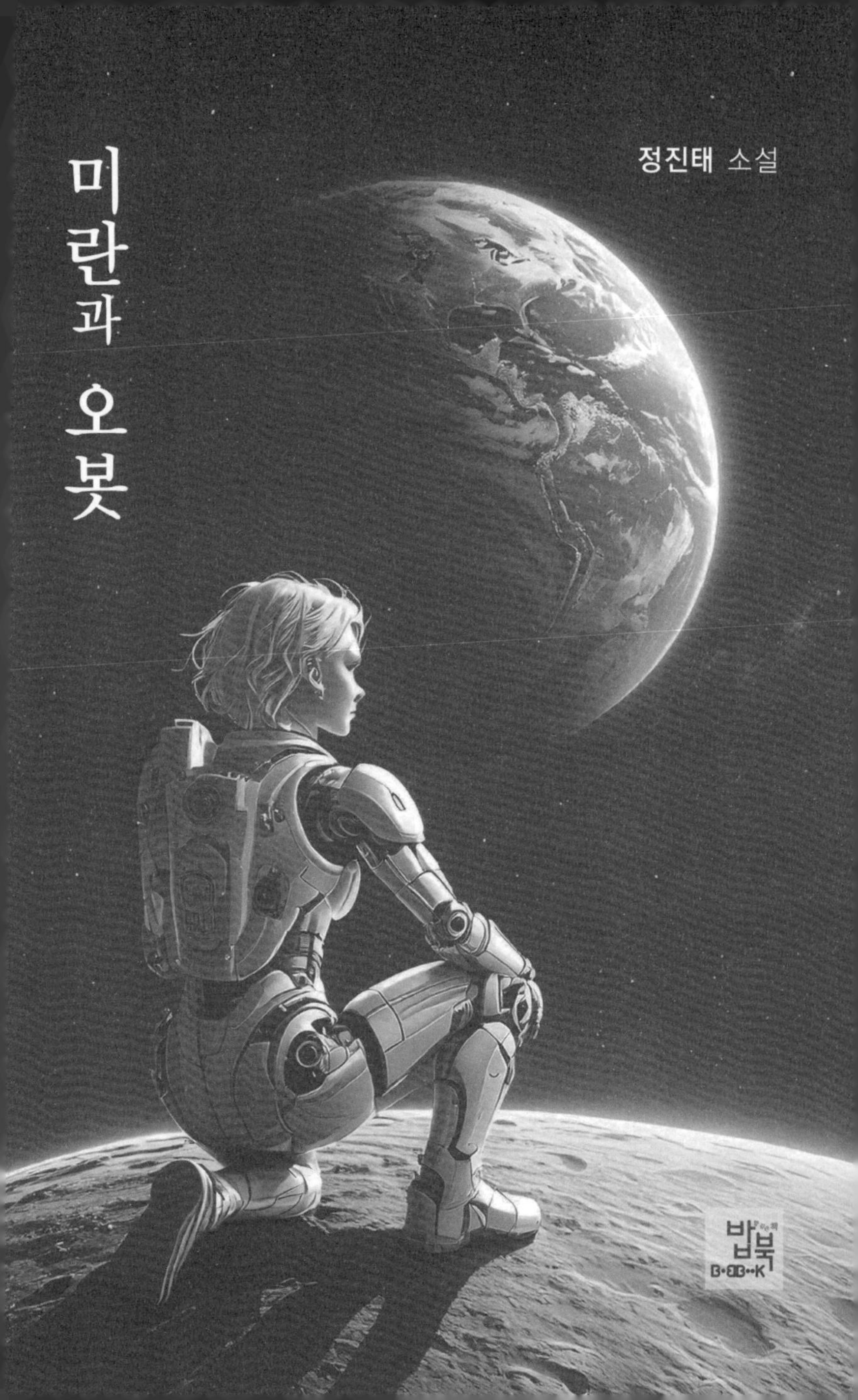
미란과
오봇
정진태 소설
밥북

책을 출간하면서

    모스크바에 유학 중인 외손녀가 여름 방학을 맞아 서울에 와 두 노인네가 사는 조용한 집에서 동거하게 되었습니다.

    갑자기 식구가 늘어나자 신경 쓸 일들이 한두 가지가 아닙니다. 우선 기상 시간도 그렇고 식사 시간, 저녁 취침 시간도 제각각이니 하루 종일 부산하기만 하지 같이 앉아 이야기할 시간도 없습니다.

    도착 3일 뒤부터 외손녀는 내년도 대학 입시 준비를 위해 학원을 다니기 시작하고 독서실을 다니며 하루 종일 얼굴 보기도 힘듭니다.

    초저녁잠이 많은 노인네라 처음 며칠은 밤늦게 들어오면 얼굴이라도 봐야지 하고 눈을 비비며 버티다 곧 포기했습니다.

오랫동안 떨어져 있던 외손녀가 오면 장래 무엇이 되고 싶은지, 미래 세대는 어찌 될 거라 생각하는지 특히 인공지능 로봇(AI Robot) 아니 트랜스 휴먼(Trans Human) 시대에는 세상이 어찌 바뀔 것인지 등등 이것저것 이야기를 나누려 생각했는데 말짱 꽝이 돼 버렸습니다.

　　여름 방학을 이용 두 달 예정으로 서울에 왔는데 어느덧 한 달 반이 지나자 안 되겠다 싶어 내가 생각한 미래 시대의 트랜스 휴먼과 인간의 삶에 대한 이야기, 과연 인간과 로봇이 공존할 수 있는지, 누가 주인이 되고 누가 노예가 되는지, 트랜스 휴먼은 인구 통계에 잡혀 저출산 문제의 대안이 될 수 있는지 등 내가 외손녀에게 묻고 또 듣고 싶었던 이야기를 실제 인간과 로봇이 같이 사는 모습을 상상하며 서둘러 글로 써 내려가기 시작했습니다.

일주일 뒤에는 모스크바로 돌아가니 바짝 서둘렀습니다. 녀석이 가기 전 미래 시대의 주인공인 녀석의 독후감을 받아야 작품의 완성도가 어떠한지 가늠할 수 있겠다 싶어 조급한 마음으로 서둘러 원고를 마감했습니다.

지금껏 우리는 로봇을 흙으로 빚은 골렘(Golem)을 통해서나 인체 뼈 구조를 닮은 기계라는 차가운 물성을 가진 로봇을 통해 미래의 친구를 접해 오며 어린 미래 주인공들에게 거부감을 줘 왔습니다.

저는 미래 시대에 같이 살아갈 한 식구이며 친구요 동반자인 로봇을 트랜스 휴먼(Trans Human)으로 등장시켜 인간과 한집살이를 하며 나누는 우정과 사랑을 가상 소설로 그려 보았습니다. 이 이야기를 통해 미래 주인공들이 꿈을 가지길 바랍니다.

지난 시간을 돌이켜 보면 과거는 노인들의 시간이었고 현재는 청장년의 시간입니다. 그러나 다가오는 미래는 꿈을 가진 사람들의 시간입니다. 미래는 성별도 나이도 묻지 않습니다. 꿈을 가지세요. 그리고 다가오는 미래의 주인이 되세요.

2024년 8월 25일 **정 진 태**

차례

제2장

제3장

제4장

제5장

제
1
장

미란과 오봇

미란은 마흔두 살 노처녀로 자유분방한 커리어 우먼이다.

미국 뉴욕 주립대 알바니 칼리지에서 공학, 융합 과학을 전공하여 인공지능 등 첨단 미래 산업에 대한 지식이나 식견을 가지고 있고, 현재 근무 중인 직장도 젊은이에게 인기 있는 직업군 중 하나인 국내 최대 웹툰 제작사 연일기획의 기획 담당 이사로 근무하며 부러울 것 없이 찌질한 남자 만나 하루하루 삶의 전쟁을 치르는 불쌍한 X세대와 달리 나이에 걸맞지 않게 MZ세대와 같이 생각하고 놀려고 애쓰는 편이다.

높은 연봉에 성취욕도 강해 시샘도 많은 편이며 엘리트 의식을 가진, 접근하기는 약간 거북스러운 여성이다.

오봇의 탄생

안녕하세요? 미란 씨. 오슬로의 6Z사입니다.
주문하신 인공지능 로봇 '휴봇(Human Robot의 약
자 Hubot)'이 완성되었습니다. 다음 주에는 댁에서 받
아 보실 수 있을 겁니다. 주문하신 휴봇은 저희 회사에서
36번째 제작된 로봇이니 '휴봇 36'으로 등록되어 있습
니다. 저희 회사와 연락을 하실 때에는 휴봇 36으로 말
씀을 해 주시기 바랍니다. 저희가 제작한 휴봇과 행복한
삶을 사시기 바랍니다.

　석 달 전 주문한 AI Robot 휴봇의 제작이 완료됐다
는 반가운 소식이 전해 오자 미란은 곧 시작될 새로운

삶을 꿈꾸며 신바람이 나 기분이 좋다.

주문한 휴봇은 노르웨이 오슬로에 소재한 세계 제1의 인공지능 로봇(AI Robot)을 제작하는 6Z사에서 사전에 미란의 생활 습관을 면밀히 조사한 후 생활 패턴에 맞게 제작한 트랜스 휴먼(Trans Human)이다.

이 로봇에는 4세대 AI 첨단 프로세서가 탑재되어 있어 1,000여 개의 뉴럴 네트워크와 신경망 처리 장치(NPU)를 갖추고 있는 로봇이다.

인터넷으로 연결된 미란의 컴퓨터, TV, 휴대폰 등을 통해 미란이 어느 프로그램을 즐겨 봤으며, 어떤 부류의 친구들과 어떤 대화를 주로 나누었으며, 유튜브에서는 어떤 프로를 즐겨 봤는지, 취미 생활은 무엇이며, 어떤 음식을 좋아하고, 국내외 여행은 어느 곳으로 자주 갔는지, 독서 취향은 어떠한지 등등 미란의 모든 생활 정보를 입력, 사전 학습을 시킨 후 제작된 로봇으로 제작 기간만 3개월이 걸려 완성된 미란의 분신이나 다름없는 로봇이다. 미란에 대한 성격, 취미 등등은 미란의

부모나 집안 형제보다 더 많이 알고 있는 세상 유일한
친구가 만들어졌다. 그야말로 '최첨단 트랜스 휴먼'이 탄
생하였다.

만남

　일주일 뒤 2004년 7월 18일 미란의 분신 휴봇이 도착했다.

　조심조심 포장을 뜯으니 상자 속 키 150센티 정도의 앙증맞은 금발 소녀 얼굴이 방긋 웃으며,

　"안녕하세요? 오슬로에서 온 휴봇이에요. 주인님을 만나서 반가워요."

　맑은 목소리로 인사를 하며 상자 속에서 나온다.

　"그래, 반가워. 먼 여행하느라 피곤하지?"

　"아니요. 저는 기계라 피곤을 몰라요."

　미란은 잠시 현실 세계

와 갓 도착해 앞으로 같이 살아갈 미래 친구와의 사이에서 혼란스러움을 느낀다.

"그래. 그렇지. 너는 기계라 피로를 못 느끼겠구나. 암튼 우리 집에 온 걸 환영한다."

노르웨이는 서울에서 16시간의 비행을 해야 하는 먼 나라다. 미란은 머릿속으로 '노르웨이? 노르웨이?' 하며 희미한 옛 추억을 떠올린다.

10년 전 키웠던 고양이 '순돌이'를 생각한다.

"그래. 노르웨이? 노르웨이 숲(Norwegian forest cat)으로 유명한 곳이지."

고양이를 사랑하는 애묘인들 사이에서 '놀숲'이라 불리는 노르웨이 수목 지대가 원산지인 고양이다. 수사자처럼 목과 가슴에 털이 길게 나 있으며 생김새는 이마부터 코끝 선까지 일자로 되어 있고 양쪽 눈과 코를 이으면 정삼각형에 가까우며 눈은 살짝 치켜 올라간 아몬드형으로 귀부인의 우아함을 가진 귀여운 녀석이다. 성격은 매우 온순하고 사람을 매우 좋아하며 애교가 많고 똑똑해 키우기에는 별 어려움이 없어 많은 애묘인들의 사랑을 받는 녀석이다.

미란이 옛날 키우던 놀숲 순돌이를 떠올리며 갓 도
착한 휴봇의 얼굴을 자세히 보니 어쩜 순돌이와 똑 닮
았는지 이마부터 코끝 선까지 일직선이며 양쪽 눈과 코
가 정삼각형이다.

미란은 순돌이에 이어 휴봇을 만나면서 뜻밖의 노르
웨이와의 특별한 인연에 고개를 갸우뚱하며 다시 한번
갓 도착한 휴봇을 보고 잔잔한 미소를 짓는다.

포장된 상자 속에는 사용 설명서가 들어 있고, 겉에
는 붉은 글씨로 'WARNING'이라고 쓰인 약간 두꺼운
종이가 보인다.

WARNING

인공지능의 뉴로 수치에 한계가 있어 입력된 범위 내 신
경망은 계속 사용 가능하나, 새로운 상황이 발생, 인공지
능 뉴로에 들어오면 기존 뉴로와 충돌을 일으켜 뉴로 신
경망이 변화하여 예기치 못한 상황이 벌어질 수 있으니
주의 바람.
휴봇의 상태는 오슬로 본사에서 원격으로 확인 가능하
나, 새로 유입된 뉴로로 인한 신경망은 통제가 안 되니
긴급 상황 발생 시 오슬로 전화 +47. 21×0. 6×33으로
연락 바람.

미란은 얼른 휴대전화를 꺼내 오슬로 전화번호를 조
심스레 입력한다.

친구 되기

미란은 금요일 퇴근 후 첫 주말을 이용, 휴봇과 많은
대화를 나누며 서로 빨리 친숙해지길 바랐다.

"휴봇, 우리 이제 같은 식구가 되었으니 내가 누구인
지, 직업은 무엇이며 무엇을 좋아하는지 설명해 줄까?"

"주인님, 저는 주인님이 누구이며, 무슨 일을 하고 있
으며 취미는 무엇인지, 식성은 어떠하며 여행은 어디를
좋아하는지 다 알고 있어요."

미란은 놀란 표정을 지었다.

"정말? 놀랍구나. 그럼 내가 누구인지 아는 대로 간
단히 이야기해 보렴."

"네, 주인님은 마흔두 살 노처녀이며…."

"잠깐, 너 지금 뭐라고 했니? 노처녀라니? 너 무언가
잘못 배운 것 같구나."

"한국에서는 마흔두 살이면 노처녀라고 부른다는데 아닌가요?"

"요런… 그건 그렇고 이야기를 계속해 보아라."

"한국에서 상류 계층에 속하는 커리어 우먼으로 현재 웹툰제작사의 기획 담당 이사로 근무 중이며, 나이에 걸맞지 않게 젊은이와 어울리며 살고 있는…"

"휴봇 됐다. 내가 더 이상 너에게 소개할 것이 없구나. 이제 우리 서로 어떻게 부르면 좋은지 이야기나 해 보자꾸나. 음… 너는 며칠 전에 태어나 나에게 왔으니 나이는 한 살이고… 가만 너를 애기라고 불러야 하니? 그럼 어른이 애를 시켜먹을 수도 없잖아… 동생이라고 할 건지 친구라고 할 건지는 며칠 지내보고 너의 지적 수준을 보고 우리 정하도록 하자. 그리고 이름은 무어라 부를까? 사실 10년 전 내가 키우던 고양이가 너와 같이 노르웨이에서 왔거든. 참 착한 녀석이었지. 그 녀석 이름이 순돌이였는데 착하고 순해서 붙여준 이름이야. 좀 촌스럽지…? 너를 만날 줄 알았으면 좀 더 세련된 이름을 지어주고 너에게 그 이름을 물려줄걸… 나와 미래를 살아갈 너에게는 순돌이가 안 어울리고… 이러

면 어떨까? 네가 태어난 곳이 노르웨이 오슬로이니 오
슬로에서 태어난 로봇 '오봇'이라고 부르면 어떨까?"

"네, 좋아요. 오봇이라고 불러 주세요."

한집살이

미란은 아침 회사 출근 전 오봇에게 집 안 청소며, 세탁물 등 많은 일을 시키고 퇴근해 집에 오면 별 할 일도 많지 않아 오봇과 대화를 나누며 시간을 보낸다. 그리고 저녁 식사 메뉴는 미란의 건강 상태를 감안해 거기에 맞는 건강식을 추천, 오봇이 마련해 준다. 정말 귀여운 미란의 친구요, 말동무이며, 반려자이다.

오봇은 휘하에 TV, AI 모니터 냉장고, 식기 세척기, 세탁기, 전기 레인지, 건조기, 에어컨. 로봇 청소기 등을 거느리며 미란을 위해 각자의 일을 하도록 지휘하는 지휘자 역할과 비서 역할을 하며 하루를 보낸다.

TV는 미란의 휴식 시간에 맞춰 그 날의 시청 프로그램을 만들고, 냉장고는 저녁과 다음 날 아침 준비를 위해 식재료의 재고를 점검하고 부족한 것은 주문을 하여 메뉴에 따라 식단을 준비한다. 식기 세척기, 세탁기, 로봇 청소기 등은 낮 시간 열심히 오봇의 지시에 따라 각자 맡은 일들을 한다. 미란이 퇴근하여 집에 도착할 시간에 맞춰 에어컨은 집 안 온도를 조절하고 기다린다. 오봇은 이런 집 안 도우미들을 총지휘하며 하나하나 점검을 하고 미란을 맞을 준비를 한다. 그리고 잠자리에 들기 전 미란에게 들려줄 이야기책을 골라 침대 머리맡에 준비해 놓는다.

오봇의 완벽한 살림살이에 미란은 놀라움의 연속이다. 미란이 오봇을 주문하기 전 몇 개월에 걸쳐 미란의 생활 습관, 취미, 오락, 식사 취향, 대화 주제, 친구 관계 등등 많은 정보들을 사전 학습을 통해 오봇의 뇌신경망에 입력을 해 놓았으니 이를 알지 못하는 미란은 놀라움의 연속일 수밖에 없다.

"오봇, 너는 아는 것도 많고 내 성격하고 잘 맞는 것 같아. 우리 이제 친구 해도 될 것 같아. 이제부터 나를 '미란'이라고 불러. 친구 사이에 주인님이라 부르면 어색

하지 않아? 서먹하고…."

"주인님, 주인님이 허락하신다면 그렇게 하겠어요. 미란, 고마워요."

둘은 서로 웃으며 눈인사를 나눈다.

고향 이야기

딩동, 딩동. 오봇이 현관에 나가니 며칠 전 주문한 노르웨이산 훈제 연어가 배달됐다. 오늘 저녁 메뉴는 훈제 연어에 후식으로 노르웨이 초콜릿을 준비했다.

"라~라, 루~루. 라~라, 루~루."

미란이 퇴근 후 신바람이 나서 콧노래를 부르며 집에 왔다.

"미란, 어서 와요. 오늘은 신바람 나는 일이 있나 봐 콧노래를 다 부르게…."

"오봇, 오늘 월급날이라 오봇이 심심할까 봐 로봇 인형을 사 왔어."

"정말? 와~ 신난다. 어서 빨리 보여 줘."

선물 포장지를 뜯자 귀여운 로봇 인형이 눈인사를 한다.

"와~ 정말 귀엽다."

"오봇, 그런데 이 로봇은 말은 못 해. 그냥 인형이야. 낮에 혼자 있을 때 심심하지 않게 같이 놀라고 사 온 거야."

"말을 못 해도 괜찮아. 내가 천천히 가르쳐 주지 뭐. 고마워. 미란."

"자, 샤워하고 우리 같이 저녁이나 먹자."

"미란, 오늘 저녁은 내 고향 노르웨이 음식으로 준비했어. 어때?"

"좋아, 좋아. 오봇 고향 이야기도 하면서 식사하자."

미란이 샤워하는 동안 오봇은 열심히 저녁 식사 준비를 한다.

큰 접시에 알맞은 크기로 썰어진 훈제 연어를 놓고, 갓 구운 감자에 버터를 얹어 살짝 녹아 스며들게 하였으며, 보리에 귀리를 섞어 갓 구운 플라트브뢰드 빵과 한쪽 구석에는 유명한 산양 젖으로 만든 야이토스트 (Geitost)라는 브라운 치즈 두 조각 그리고 훈제 연어에 어울리는 타르타르소스를 놓았다.

샤워를 마친 미란은 흰 가운을 걸치고 식탁에 앉으며 놀란 표정을 지었다.

"Great! 내가 제일 좋아하는 멋진 메뉴야. 그리고 보니 나도 오봇의 고향을 무척 사랑하나 봐."

미란은 포크와 나이프를 양손에 쥐고 익숙한 솜씨로 훈제 연어를 적당한 크기로 썰고 그 위에 타르타르 소스를 발라 입으로 가져간다. 입안에서는 훈제의 스모키한 냄새가 살짝 돌며 부드러운 연어가 미끄러지듯 목구멍을 넘어간다.

"오봇, 노르웨이에서는 훈제한 연어를 더 좋아해? 우리나라에서는 회로 와사비나 홀스래디쉬 소스를 곁들어 많이들 먹는데…"

미란은 신세대 여성답게 음식과 어울리는 소스 이름까지 대며 묻는다.

"노르웨이에서는 연어를 직화구이하거나 훈제를 해서 많이 먹어. 노르웨이는 산악지대나 바다로 둘러싸여 있어 육류로는 사슴 고기나 거위 등을 즐겨 먹고 해산물로는 연어와 바이킹의 음식에서 유래하여 오늘날 뷔페의 원조라고 하는, 콜보르(Koldbord)라고 식초에 절

인 청어, 훈제연어, 육류와 야채, 소시지 그리고 치즈 등을 얹어서 먹는 바이킹식 전통 음식도 유명해."

오봇은 미란이 식사를 하는 동안 옆에서 열심히 오봇의 고향 노르웨이에 대해서 설명을 한다.

"미란, 내가 태어난 노르웨이라는 나라는 유럽의 북서쪽 끝에 위치하고 발트해를 끼고 있는 스칸디나비아 반도의 서쪽에 있는 나라야. 스칸디나비아 산맥을 끼고 동쪽으로는 스웨덴과 핀란드가 자리 잡고 있어. 면적은 한국의 3배

나 크지만 인구는 한국의 1/10인 550만 명 정도 되는 나라야. 1인당 국민소득은 US$65,000 수준으로 꽤 높은 편이지."

"정말? 노르웨이 부자 나라구나. 그래서 그런지 오봇이 처음 왔을 때 부자 티가 나더라…"

미란과 오봇은 서로 깔깔 웃으며 이야기를 계속한다.

"내가 태어난 곳 오슬로는 해마다 노벨 평화상 시상식이 열리는 곳이야."

"그래. 그건 나도 알고 있어. 그런데 노르웨이에 내가 꼭 가 보고 싶은 곳이 있어. 디즈니 영화 〈겨울 왕국〉의 모티브가 됐다는 도시인데, 레이네(Reine)라고 알아?"

"레이네? 멋진 곳이지. 인구가 300명이 채 안 되는 작은 어촌 마을인데 우뚝 솟은 기암괴석과 잔잔한 바다의 자연 경관이 매우 아름다운 곳이야. 트래킹 코스가 유명하고 바다에서 카약을 즐길 수 있으며 여름에는 백야를, 겨울에는 오로라를 볼 수 있어. 유럽인들은 죽기 전에 꼭 가 봐야 할 버킷 리스트에 꼽히는 곳이야."

"오봇, 너 꼭 관광 가이드 같구나. 하하~ 그렇게 아름답다니 나도 꼭 가 보고 싶어."

"미란, 미란이 갈 때 나도 따라가 안내를 해 줄게. 그런데 레이네 이외에도 볼 곳이 많아. 북극의 파리라 불리는 '트롬쇠'도 있고, 세상에서 가장 긴 '송네 피오르(Fiord)'도 있어. 송네 피오르는 만년설이 쌓인 설산과 빙하들이 녹아내리며 만든 204km에 달하는 거대한 U자형 골짜기로 피오르의 왕이라고 불릴만큼 멋진 곳이야."

미란이 식사를 마치자 후식으로 프레이아 초콜릿을 먹으며 시간 가는 줄 모르고 이야기를 계속한다. 어느새 접시 위에 초콜릿 껍질이 수북이 쌓여 있다. 살짝 짠맛이 나는 다임 초콜릿, 아몬드 등 견과류가 들어 있는 초콜릿, 밀크 초콜릿 등 서로 다른 맛의 초콜릿을 즐기다 보니 1906년부터 100년의 역사를 가졌다는 노르웨이의 프레이아 초콜릿의 명성을 제대로 알겠다.

"아이고, 초콜릿을 너무 많이 먹어 살찌겠다. 그만 먹어야지…."

미란이 배를 만지며 이야기하자 둘은 깔깔 웃으며 오붓의 고향 이야기를 밤늦도록 계속하며 즐거운 시간을 보냈다.

즐거운 여행

미란은 오봇을 처음 만나고 십 년이 지난 오늘까지 하루하루 더 이상 바랄 것 없는 행복한 나날을 보내고 있다. 미란은 오봇을 위해 시간이 나는 대로 무언가 조금이라도 더 해 주고 싶고 한국에 대해 더 많은 것을 보여 주고 싶어 여행을 계획한다.

"오봇, 다음 수요일엔 선거가 있고 이틀 휴가를 내려 는데 우리 남쪽으로 여행이나 갈까? 도지사인지 시장인 지 뽑는 선거를 한다는데 그게 너와 나랑 무슨 상관 있 어? 우리는 첨단 미래 시대에 사는데. 그 사람들, 우리 를 이해하기나 해? 우리 삶과 전혀 상관없잖아? 음… 그래도 미래를 조금이라도 걱정하는 후보에게 투표는 해야겠지?"

"미란, 어디를 여행하고 싶어? 내가 여행 준비 해 놓을게…."

"그래? 고마워 오봇, 우리 남쪽 나로우주센터에 가 보면 어떨까? 그곳이 우리 꿈을 나눌 수 있고 어울리는 곳일 거야. 촌놈들은 우주선 발사할 때만 관심이 있지만, 우리는 우주를 나는 위성의 평소 삶이 어떤지 서로 이야기를 나누면 위성도 외롭지 않겠지? 그리고 우리의 미래 세계인 우주에 대해 이야기를 나누면 서로 이야기가 통하고 재미있지 않겠어? 오봇 생각은 어때?"

미란은 직장에서 기획 업무를 하면서 SF 공상과학 웹소설, 특히 우주에 관한 이야기에 관심을 가지며 나로우주센터를 구경하고 싶었던 참이었다.

미란의 이야기는 계속된다.

"그리고 그곳은 인공위성에 수많은 인공지능 신경망을 연결해 우주와 지구 간에 서로 대화를 나눌 수 있도록 되어 있어. 마치 오봇이 많은 인공지능 신경망을 가지고 나와 대화도 하고 생각을 나눌 수 있듯이 말이야. 오봇은 고향처럼 느껴지고 많은 친구들을 만날 수 있는 곳일 거야. 어때 멋지지 않아?"

"친구가 많은 내 고향이라고? 미란, 멋진 생각이야. 나도 인공위성이 어떻게 사는지 보고 싶어. 그들도 나처럼 온갖 인공지능 신경망으로 뭉쳐져 있는 내 친구들일 거야."

"그래. 맞았어. 그곳이 오봇의 고향이야. 미래 인공지능 시대의 주역들이 사는 그곳이 오봇의 고향 집이야…"

미란은 오봇을 옆에 태우고 직접 운전하며 여행을 떠난다. 오봇은 창밖의 풍경이 신기한지 차창을 통해 수시로 변하는 바깥세상을 신기한 듯 넋을 놓고 쳐다본다.

"오봇, 이 차는 자기 스스로 판단해서 운전하는 자율주행 차야."

"오, 그래? 몇 단계 자율주행 차야?"

"몇 단계? 그런 게 있어? 잘 모르겠는데…"

"현재 미국 자동차 공학회(SAE)에서는 자율주행 차를 레벨 0에서 5까지 6단계로 구분해 놓았는데, 운전자가 모든 것을 통제하며 운전하는 전통적 주행 방식이 0단계이며, 레벨 1은 운전자를 지원해 주는 수준이

고, 레벨 2는 부분 자동화 단계야. 레벨 5단계가 되어
야 완전자율주행이 가능한데 아직 개발이 안 돼 있어.
이 차는 미란이 운전하는 데 일부 지원을 해 주는 단
계로, 레벨 2 수준인 것 같아."

"오봇, 너 대단하다. 놀라운데, 그런 전문적 지식을
어떻게 알아?"

"그 정도의 지식은 내 머리에 입력돼 있어. 궁금한
게 있으면 알려 줘, 미란."

오봇은 나를 우습게 보지 말라는 듯 어깨를 으쓱하
며 폼을 잡는다.

어느덧 경기도, 충청도를 지나 전라도 땅에 들어섰다.

"오봇, 우리 쉬면서 점심이나 먹고 갈까?"

"좋아. 무엇을 먹을까? 미란, 여기 전주에 가까이 왔
으니 전주비빔밥 어때? 비빔밥은 농번기에 여러 사람이
빨리 먹기 위해 만들어졌다는 이야기도 있고, 제사를
지낸 후 음복으로 먹었다는 설도 있는데, 전주비빔밥은
임금님 수라상에 올랐던 음식이니 맛있겠지? 그리고
요즘에는 지역, 계층, 세대 간 갈라진 틈을 메꾸기 위해

비빔밥이 융합, 화합의 상징적 음식으로 자리매김하고
있어."

"오봇, 너 정말 천재구나. 모르는 게 없으니 놀랍다.
너는 내 친구가 될 자격이 충분해. 너하고 대화를 하면
시간 가는 줄 모르겠고 재미있어. 그래, 우리 전주비빔
밥 먹으러 가자."

식당에 들어서자 작은 로봇이 허리를 굽혀 인사를
한다.

"저희 식당에 오신 것을 환영합니다. 일행이 몇 분이
신가요?"

오봇이 깜짝 놀란다. 식당에 자기 친구인 로봇이 있
을 줄이야….

"친구야. 반가워. 내 이름은 오봇이야."

식당 로봇은 오봇의 말을 알아듣지 못하고 "어서 오
세요" 소리만 반복해 말한다.

미란이 두 사람 좌석을 요청하자 그제야 식당 로봇
은 알아차렸다는 듯 앞장서 좌석으로 안내를 한다.

오봇이 방금 일어난 상황을 이해 못 하자 미란은 친절하게 설명을 해 준다. 식당 로봇은 로봇 뇌에 입력된 단순한 언어 몇 마디만 알아듣고 그 이외의 말은 알아듣지 못한다고 설명하자 오봇은 알 듯 모를 듯 고개를 갸우뚱하며 식당 로봇을 쳐다본다. 식당 로봇도 오봇이 신기한지 시골 소년이 세련된 서울 소년을 부러운 눈으로 훔쳐보듯 저 멀리서 쳐다본다.

식당의 손님들도 오봇이 신기한지 가까이 와 사진을 찍느라 주변이 시끄러워졌다. 오봇은 연예인이나 된 양 폼을 잡으며 같이 사진을 찍는다. 이를 본 미란은 살짝 질투심을 느낀다.

황금색 놋그릇에 참기름 냄새가 살짝 나는 것이 군침을 돋운다. 위에는 계란프라이가 얹어져 있고 그 밑에는 시금치, 당근, 호박, 오이, 콩나물 등이 잘게 간 소고기와 같이 있다. 고추장과 깨소금이 보인다.

온갖 재료들을 이리저리 섞어가며 비비기 시작하니 임금님 수라상이 뚝딱 차려졌다.

"오복, 너는 무얼 먹지?"

"나는 전기를 먹고 살아. 아침 출발하기 전 전기를 잔뜩 먹었어⋯ 3일 동안은 아무것도 먹지 않아도 돼."

미란은 오봇의 설명을 들으며 비빔밥을 맛있게 먹는다.

나로우주센터

    남쪽 끝 전라남도 고흥에 위치한 대한민국 유일의 우주기지 나로우주센터에 도착했다. 사무실 건물에 들어서자 안내 로봇이 다가와 인사를 건넨다.

    "나로우주센터에 오신 것을 환영합니다. 이 센터는

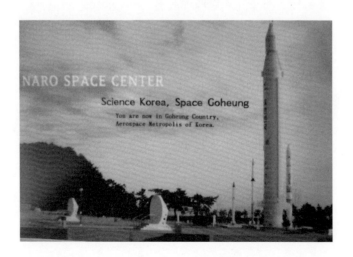

우리나라 첫 번째 우주기지로써 세계에서 13번째로 2009년에 설립되었으며 나로 3호까지 인공위성 발사를 이곳에서 했습니다."

오는 길에 만났던 식당 로봇과는 달리 이 로봇은 센터를 소개하는 데 거침이 없으며 많은 지식을 가지고 있는 로봇임을 직감적으로 알 수 있었다.

오봇은 이러한 친구를 만나자 흥분을 하며 두리번두리번 이곳저곳을 구경한다.

이때 흰 가운을 걸친 반백의 신사가 중년 여인이 로봇과 같이 센터를 방문한 것이 흥미로웠는지 어디서 어떻게 왔느냐 물으며 미란과 오복을 자기 방으로 안내한다.

방에 들어서자 미란은 오슬로에서 온 오봇을 소개하며 오봇이 자기와 같이 신경망으로 제작된 인공위성이 우주에서 어떻게 지구와 교신을 하는지, 우주는 어떻게 생긴 곳인지, 위성은 우주에서 어떻게 살아가고 있는지 등등이 궁금해 같이 방문을 하게 되었다고 설명을 한다.

흰 가운의 노신사는 자신이 이 센터의 소장 심재훈

박사라 소개하며 오봇의 방문에 기뻐한다.

"오봇, 잘 왔어요. 반가워요. 오봇이 인공지능 로봇으로서는 우리 센터를 방문한 첫 번째 손님이에요. 이곳 우주센터에도 오봇처럼 인공지능 신경망으로 만든 위성들이 많이 있어요. 아마 오봇의 좋은 친구가 될 거예요. 그 위성들은 지구에서 살지 않고 우주 공간에 머물면서 지구와 대화를 하면서 살고 있어요. 오봇, 흥미롭지 않아요? 언젠가 오봇이 우주를 여행하고 싶다면 다시 찾아와요. 친구들하고 우주를 여행할 수 있도록 해 줄 테니…."

오봇은 센터에 도착 구경을 하기도 전에 별세계를 만난 듯 흥분한다. 우주에 사는 내 친구들…?

"소장님, 감사합니다. 다음에 기회가 되면 꼭 소장님을 찾아뵐게요."

"그래요. 그럼 우리 약속한 거예요. 자, 이제 우리 직원이 센터를 안내해 줄 테니 천천히 구경하도록 하세요."

미란과 오봇은 꾸벅 절하고 소장실을 나와 직원의 안내로 센터를 구경하기 시작한다.

제일 먼저 우주라는 곳이 어떤 곳인지, TV에서 보던 우주인들이 공중을 떠다니며 활동하는 우주는 어떤 운동 원리를 가진 곳인지, 무중력 상태란 무엇인지 등 짧은 시간의 설명으로는 이해하기 어려운 별세계에 대한 설명이 끝나고. 다음 단계로 수많은 전선줄로 가득 찬 위성의 뇌를 만드는 과정을 보자 오봇은 매우 흥미를 느끼며 자신이 오슬로에서 만들어질 때의 어렴풋한 기억을 되새기며 마치 자기 분신이 태어나는 듯한 모습에 깊은 감동을 받는다. 이곳은 오봇이 제일 관심을 보이던 곳으로 저렇게 태어난 위성이 우주에서 산다는 것에 호기심이 점점 커진다.

같은 인공지능의 신경망을 가졌으나 오봇은 지구에 살고, 친구는 우주에 살며 위성으로 불리는 것에 끝없는 호기심이 생긴다. 친구 위성은 우주에서 어떻게 지구와 대화를 하는지, 친구는 우주에서 무엇을 먹고 사는지, 친구는 지구로 영영 돌아오지 않는지….

위성을 우주에 보내는 발사체 제작 과정을 보고, 우주 비행사들이 입는 옷, 먹는 음식, 그리고 비행사들이 우주에서 사는 우주정거장을 보고, 마지막으로 로켓 발사장을 관람하면서 전체 부지 면적 530만㎡, 축구장 650개 규모에 달하는 엄청난 규모의 센터 구경을 마무리했다.

혼돈의 시대

　미란과 오봇은 서울로 돌아오는 길 차 속에서 서로 말없이 각자 생각에 젖어든다.

　오봇은 방금 구경하고 나온 온갖 전선줄로 머리를 감싼 인공위성을 떠올리며 그 위성이 우주여행 하는 것을 상상하면서 신비로움에 빠져든다.

　한편 미란은 요즘 주변에서 흔히 볼 수 있는 수많은 로봇을 생각하며 급격한 세월의 변화에 스스로 놀라워한다.

　산업계에서는 이미 용접 작업과 조립 작업을 비롯해 원부자재의 재고 관리는 물론 생산 라인에 제때 한 치의 착오도 없이 24시간 쉴 새 없이 투입하는 일을 로봇이 담당한 지 오래됐으며, 요식업, 배달업 등에도 광범

위하게 로봇이 인간을 대신해 일하며 수많은 인간의 일자리를 뺏고 있는 현실에 두려운 생각마저 든다.

그뿐 아니라 심지어 의료계에서도 고도의 정밀한 수술을 숙련된 의사 대신 로봇이 척척 해내고 있으니, 인간 사회에서 벌어지는 산업계 의료계 등의 잦은 파업, 인구 과잉에 의한 식량난, 대기 오염 등 환경 파괴, 정치 사회적 이념 갈등, 국가 간 무력 충돌 등을 생각할 때 그 많은 인간이 과연 필요한 것인지, 차라리 저출산 시대에 오히려 로봇 시대를 앞당겨 미래를 설계하는 것이 잘된 일이 아닌지 하는 다소 무거운 화두를 미란은 스스로에게 던져 본다

국회에서는 인구수가 감소하며 로봇이 인간을 대체하는 시대가 되자 헌법에 규정한 국민의 4대 의무에 대해 어떻게 할 것인지 연일 토론을 벌인다.

국방의 의무는 이미 로봇으로 대체 근무를 시키고 있어 유명무실해졌으며, 인구 감소로 인해 세수가 줄어들어 국가 재정이 어려워지자 로봇을 인구수에 포함시켜 세금을 부과할 것인지에 대한 논쟁을 벌이고 있다.

또한 국민의 의무이면서 권리이기도 한 근로의 의무, 교육의 의무는 어찌할 것인지 등 헌법 개정 문제로 연일 시끄럽다.

미란은 18세기 영국의 산업 혁명을 지나 20세기 인터넷 혁명과 이제 21세기 로봇 혁명 시대를 겪는 자신을 생각하며 과연 미래에는 어떤 세상이 올지 걱정 반 기대 반을 하며 귀갓길을 서두른다.

무슨 생각을 하는지 조용히 앉아 있는 오봇을 쳐다보며 미란은 과연 오봇이 친구인지 아님 인간의 자리를 빼앗는 적인지 고개를 갸우뚱하며 야릇한 웃음을 짓는다.

제
2
장

연일기획의 위기

　미란이 오붓과 즐거운 시간을 보내는 집 안 상황과
는 달리 요즘 미란의 회사 분위기가 심상치 않다. 2분
기 연속 매출이 감소하여 대책 마련을 하느라 여념이
없다. 원인 분석과 대책이 부서마다 달라 결론을 내지
못하고 갑론을박하며 회사가 시끄럽다.

특히 미란이 맡고 있는 기획 부서와 회사 대주주와 인척 관계인 마케팅 부서의 장덕우 이사와의 사이에 제일 큰 의견 차가 있다.

"지난 분기 인기 웹툰, 웹소설 장르별 시장 분석을 보면 SF 부문의 마켓 쉐어가 현저히 떨어져 있는데 우리 회사는 거꾸로 SF 부문 웹소설 작품 비중을 확대하고 있으니 이것이 매출 부진의 근본적 이유라고 봅니다."

마케팅 부서 장 이사가 시장 분석 자료를 근거로 나름의 문제점을 조목조목 따진다.

"아시다시피 웹툰 웹소설의 주 고객층은 어린이와 젊은 청소년으로, 이들이 관심을 가지고 있는 SF 공상과학 이야기는 Give up할 수 없는 장르이며, 향후 미래 시대의 주인공인 어린이 청소년에게 꿈을 심어주고 이들 Future Potential Client의 공감대를 확보해야 우리 회사가 Sustainable한 기업으로 성장할 수 있다고 봅니다."

미란은 미래의 충성심 있는 단골 고객을 확보해야 회사가 지속 가능한 성장을 할 수 있다고 강조하며 일

부러 Customer 대신 Client라는 단어를 써가며 기획 부서의 전략을 강조한다.

"기획이사 말씀도 일리가 있지만, 지난 1, 2분기 회사 전체 매출이 12% 줄어들고 특히 SF 공상 소설 분야의 매출 비중이 계획보다 현저히 떨어진 것을 알 수 있습니다. 이제 직장인들이 즐겨 보는 장르별 시장 분석에 나와 있는, 30% 이상 Market share를 가진 일상, 개그, 코믹이나 액션, 판타지, 로맨스, 순정의 비중을 늘리고 SF 판타지 분야는 줄여야 된다고 봅니다."

장덕우 이사도 지지 않고 자기주장을 내세운다.

연일 쉽사리 결론을 내기도 쉽지 않은 주제로 서로 책임 공방이 벌어지자 미란은 스트레스에 싸여 가끔 평정을 잃고 화를 낸다.

사실 미란의 마음 한구석에는 오봇을 만나고 그리고 나로우주센터를 방문하고 난 후 유독 공상과학 장르에 꽂혀 회사 내에서도 유별나게 그쪽 분야의 웹툰 웹소설 작품 비중을 늘린 것에 내심 부담을 느끼고 있는 자신을 깨닫고 깜짝 놀란다.

미란 위험에 빠지다

무거운 마음으로 퇴근한 미란은 오봇의 인사도 받지 않고 자기 방으로 들어가 버린다. 사정을 모르는 오봇은 미란의 뒤를 따라 방으로 가며 부재중 연락 온 곳, 미란이 주문해 놓은 여름 원피스의 도착 사실 등을 말하자, 미란은 "듣기 싫어. 나가" 하며 문을 쾅 닫는다. 이제껏 들어 보지 못한 큰 소리에 오봇은 깜짝 놀라며 어쩔 줄을 모른다.

"미란, 왜 그래? 뭐가 잘못됐어?"

"듣기 싫다니까. 한 번 이야기하면 들어야지… 안 들려? 나가."

지금껏 미란으로부터 못 듣던 단어들이 오봇의 신경망을 두드린다. 오봇은 이런 경우 어떻게 행동해야 할지 몰라 한참 동안 옛 오슬로에서 학습한 내용을 되감

기한다. 현 상황에 딱 맞는 학습 내용이 없자 오봇은
나름대로 비슷한 내용을 골라 행동하기 시작한다.

며칠 동안 오봇과 대화를 나누지 않고 우울한 시간
을 보내던 미란이 하루는 회사에서 집으로 돌아오자
놀라운 일이 벌어졌다.

"아니 이게 웬일이야? 오봇, 오봇 어디 있어?"

퇴근 후 집에 들어오자 집안 가득 연기가 자욱하고
탄 냄새가 진동을 한다.

오봇은 전기 레인지(Electric Cooktop) 앞에 우두커
니 서서 새카맣게 탄 냄비를 멍청히 쳐다본다.

전기 레인지의 설정 온도를 보니 최고 단계인 9번에
놓여져 있으며 설정 시간은 무려 1시간이 넘도록 세팅
돼 있다.

미란은 서둘러 전기 레인지를 끄고 새카맣게 탄 냄
비를 집어 수도꼭지에 대고 열을 식힌 후 창문을 모두
열고 공기 청정기를 틀어 탄 냄새를 몰아낸다.

한바탕 전쟁을 치른 후 미란이 오봇을 쳐다보니 오봇

은 무슨 일이 벌어졌는지 모르는 채 우두커니 서 있다.

"오봇, 어찌된 일이야? 집에 불 날 뻔했는데 너 몰랐어? 너는 타는 냄새도 몰랐어? 너는 인간과 같이 살 수 없는 존재야. 내가 잘못 봤지. 너는 기계 나부랭이에 지나지 않아. 꺼져."

미란은 회사에서의 불만까지 얹어 오봇에게 화풀이를 한다.

"미란, 나 저녁 준비하느라 전기 레인지에 냄비를 올려놓았는데 무엇이 잘못되었는지 모르겠어. 타는 냄새는 내가 못 맡아. 미안해."

"오봇, 정말 무슨 일이 일어났는지 모르겠어? 똑똑한 오봇이 무슨 일이 있었는지 기억이 안 난단 말이야?"

"미란, 미안해. 정말 기억이 안 나."

미란은 흥분을 가라앉히고 진정한 후 시계를 보니 저녁 7시 30분이다. 오슬로 시간으로 오전 11시 30분이다.

미란은 얼른 휴대폰에서 오슬로 전화번호를 찾아 전화를 건다.

"네, 오슬로 6Z사입니다. 무엇을 도와드릴까요?"

"네, 여기는 휴봇 36 주인입니다. 서울에서 전화합니다."

"네, 무슨 일이시죠?"

"휴봇 36의 오작동으로 집 안에 화재가 발생할 뻔했습니다. 휴봇 36은 일어난 일에 대해 전혀 기억을 못하는데 이런 일은 처음입니다. 무슨 이유인지 알고 싶어 전화를 했습니다."

"네, 정말 큰일이 일어났군요. 다치신 데는 없으신가요?"

"다행히 인명 피해는 없습니다."

"다행이군요. 고객님 잠깐만 기다리세요. 원격으로 휴봇 36을 진단해 보겠습니다.

잠시 후 기계 소리가 들리며 알아듣지 못할 숫자와 언어로 교신을 한다. 미란은 외계인이 나누는 듯한 대화를 귓전으로 들으며 전화기를 꼭 붙잡고 있다.

10여 분이 지나 다시 조금 전 목소리가 들린다.

"고객님, 휴봇 36을 원격 진단한 결과 입력된 신경망에 일부 손상이 가 있는 것을 발견했습니다. 이런 현상은 처음 휴봇 36을 인수하실 때 주의사항으로 알려드린 갑작스러운 충격에 의해 기존에 입력된 신경망이 훼손되어 발생하는 경우로 최근 휴봇 36이 외부의 강한 충격을 받은 일이 있는지 확인하시기 바랍니다."

미란은 언뜻 얼마 전 회사에서 퇴근 후 집에 들어와 오봇에게 화를 낸 일, 그리고 그 후 몇 차례 오봇과 말다툼한 일들을 떠올리며, 전화 통화를 이어간다,

"선생님, 오봇의 손상된 신경망을 원격으로 치료할 순 없나요?"

"고객님, 원격으로 치료는 불가능하며, 신경망 치료를 위해서는 오슬로에 와서 입원을 하여 신경망을 교체해야 합니다."

"선생님, 그럼 제가 어떻게 하면 좋을까요?"

"저희가 할 수 있는 일은 휴봇 36의 손상된 신경망이 어느 부위인지 원격으로 확인 가능하니 그 진단 내용을 보내드리겠습니다. 손상된 신경망의 기능은 상실된 것이니 고객님께서 그 내용을 참고하시어 휴봇 36에게 그 기능은 기대하지 마시기 바랍니다."

일주일 뒤 오봇의 상태를 진단한 진단서가 도착했다.

첫눈에 들어온 것이 조리, 식사 기능의 마비가 눈에 띤다. 다른 기능들은 미약하게 손상을 입었으나 주의 깊게 사용하면 될 정도의 수준이다.

미란은 오봇을 옆에 앉혀 놓고 오슬로에서 온 오봇의 상태에 대해 설명을 한다.

"오봇, 네 몸에 이상이 생겨 이제부터는 조리, 식사 기능을 잃어버렸어. 앞으로 식사 준비는 내가 할 테니 걱정하지 말고 다른 곳 다치지 않게 조심하며 지내."

"미란, 고마워. 내가 내 역할을 다 못해 어떻게 하지? 미안해서…"

"오봇, 괜찮아. 걱정하지 말고 우리 잘 지내자."

주인과 노예

회사에서의 미란의 입지는 점점 좁아진다. 3분기 연속 실적이 저조하니 주위의 눈총이 따갑다. 돌이켜 보니 오봇을 만나고 나서 인공지능이니 우주 로봇이니 너무나 먼 먼 시간의 주제에 빠져들고 회사 방향도 그런 방향으로 고집스럽게 끌고 간 것이 아닌지 되돌아보기도 한다.

하지만 미란은 오봇과 만난 후 모든 사고의 방향이 달라져 인간 현실 사회와는 너무 동떨어진 세계에 살고 있는 자신을 알아차리지 못한다.

오봇과의 즐거운 삶이 이 세상 전부였으며, 오봇이 나의 친구이며 애인이요 반려자이니 미란은 삶의 많은 부분을 오봇에게 맡기고 의지하고 살면서 오봇의 노예가 되어 갔다.

오랜 시간 매사 오봇이 시키는 대로 행동하며 오봇이 모든 의사 결정을 하니, 아니 오봇에게 모든 의사 결정을 맡기니 미란의 판단 능력은 없어지고 나약해져 오봇 없이는 아무것도 할 수 없는 현실 세계와는 동떨어진 사람이 되었다.

이제 퇴근을 하면 미란은 혼자 저녁 식사 준비를 하며 손 하나 까딱하지 않고 오봇이 모든 것을 해 주던 지난 시간을 그리워하며 요리법을 하나하나 다시 익혀 나간다.

오봇을 만난 것이 후회스러운 생각도 드나, 이제 오봇과는 떨어져 살 수 없는 사이가 되었으니 오봇을 원망할 생각은 미란에게는 티끌만큼도 없다.

오봇의 신경망이 일부 손상된 후 약하게 살아 있는 신경망으로 입력된 기억을 되살려가며 살아가려니 오봇에게는 매일 큰 부담이다.

미란을 위해 기억을 되살려 도움을 주려 하나 신경망 AI 알고리즘의 오류로 옛날 같지 않게 실수가 반복되어 오봇은 기억이 되살아날 때마다 자기 실수에 대해 후회를 한다. 마치 늙은 인간의 치매 증상처럼 기억이 사라졌다

때론 희미하게 기억이 되살아나는 현상이 자주 반복된다.

이를 알아챈 미란은 오봇의 상태가 더 악화될까 두려워 야단을 치지 못하고 오봇의 눈치를 보며 오봇이 못하는 일들을 스스로 찾아 처리하기 시작한다.

집 안의 일들이 오봇이 처리한 일, 처리하다 다 못 마친 일, 그리고 손도 대지 못한 일들이 뒤죽박죽되어 미란이 하나하나 정리하려니 처음부터 혼자 일을 하는 것이 편하겠다는 생각마저 든다.

오슬로 6Z사에서 설명한 대로 오봇의 신경망에 입력된 정보 이외 새로운 정보가 유입되면 신경망 간에 충돌이 생겨 어떤 상황이 벌어질지 몰라 미란은 조심조심 오봇과의 삶을 이어가고 있다.

이제 미란은 점점 자신이 오봇의 노예가 되어 가고 있다는 사실을 받아 들여가며 힘든 하루하루를 보내고 있다.

제
3
장

퇴사

연일기획의 상황은 좀체 나아지질 않고 더욱 나빠져 간다.

연말 결산 전망은 연일기획 창사 이래 적자가 가장 심할 것으로 예상되어 누군가는 책임을 지고 물러나야 할 상황이다.

지금껏 엘리트 의식을 가지고 실패란 모르고 살아온 미란에게는 어려운 결단을 내려야 할 시간이 다가왔다.

연말 결산 결과가 나와 책임 추궁을 당하며 쫓겨나는 것보다 지금 명예롭게 결단을 내리자 생각하며 회사에 사의를 표명한다.

"이사님, 회사가 어려운 시기에 사표를 내시면 어떻게 합니까?"

"사장님, 제가 물러나야 할 시간이 온 것 같습니다. 훌륭한 분을 모셔다 좋은 결과를 얻으시길 바랍니다. 그동안 고마웠습니다."

"섭섭하군요. 결심을 하셨다니 더 이상 강요할 수도 없고… 이사님이 주장하신 SF 공상과학 장르는 미래에 곧 닥쳐올 큰 시장인데 안타깝습니다."

"죄송합니다."

사표를 쓰고 일찍 귀가하자 오봇이 놀라며 물었다.

"미란, 오늘은 어쩐 일이야 이렇게 일찍 들어오고…."

"오봇, 나 오늘 회사 그만두었어."

"그래? 왜? 그럼 이제 무슨 일 하려고 그래?"

"글쎄, 천천히 생각해 봐야지… 오봇, 인공지능 시대에는 인간이 하는 일을 너처럼 로봇이 빼앗아 간다는데 네 생각은 어때? 어느 직업이 좋겠어?"

오봇은 미란의 질문에 갑자기 생각이 나지 않는지 눈을 반짝이며 골똘히 생각에 잠긴다.

"글쎄, 어려운 질문인데… 생각해 볼게…."

예언가

연일기획을 그만둔 지 한 달이 지났다. 집에 있는 동안 오봇과 많은 이야기를 나누며 오봇의 상태도 많이 좋아졌다. 예전에 가지고 있던 기억들은 많이 사라지고 새로운 기억들이 생기면서 오봇의 성격도 많이 변해 있다.

미란은 리크루트 회사에서 보내온 구인 정보를 보면서 마땅한 일자리를 찾는 데 많은 시간을 보내고 있다.

"오봇, 내가 대학에서 공학을 전공했는데 오늘 한 회사에서 기계 설계 책임자 자리가 비었다고 제의가 들어왔는데 어떻게 생각해?"

"기계 설계? 미란, 미란은 별자리 중 쌍둥이 별자리에 속해 추리와 순간적인 판단력이 뛰어나며 재치 있고 지식을 잘 활용하는 능력이 있어. 누구와도 금방 친해

지고 부드럽게 융화할 수 있는 성격이야. 자리에 틀어박혀 제도기나 들여다보면서 설계를 하는 일은 안 어울릴 것 같아.”

“오봇, 너 점도 볼 줄 아니? 네 말대로 나는 고리타분하게 쭈그리고 앉아 궁상 떨며 하는 일은 질색이야. 네 말대로 포기해야겠다. 그런데 너 꼭 점성술사 같다.”

오봇은 미란의 말에 웃으며 대답한다.

“아냐, 우주는 항상 내 고향 같고 전에 나로우주센터를 갔을 때도 왠지 이상하게 나와 같은 친구들이 사는 고향을 방문한 기분이었어. 우주에는 수많은 별들이 있어서 별자리를 가지고 앞날을 보는 능력은 조금 있는 것 같아.”

“앞날을 볼 수 있다니 대단해. 오봇, 내 앞날도 어느 것이 좋은지 결정을 해 줘.”

오봇과 미란은 웃으며 미란의 앞날을 서로 상의해 결정하기로 하고 파이팅을 외친다.

방황

　이렇다 할 직업 없이 그리고 과거 기억력을 많이 상실한 오봇과의 대화 시간도 점점 줄어들면서 미란은 혼자 있는 시간이 늘어나며 우울증이 찾아오기 시작한다.

　이제 미란도 나이가 들어 50 후반에 가까워지면서 노처녀 히스테리는 없어지고 우울증이 찾아오는 모양이다.

　하루 대부분의 시간을 귀에 이어폰을 끼고 좋아하는 음악을 듣는지 때론 고개를 흔들기도 하며 소리 내 흥얼거리기도 한다.

　오봇이 보기에 실성한 사람처럼 보이고 배도 안 고픈지 식사 때가 돼도 기척이 없다. 오봇도 이런 미란이 조심스러워 말을 붙이기 어렵게 느낀다.

오붓이 처음 왔을 때 할 일이 많던 때와 달리 집 안의 많은 일들이 미란에게 넘어간 후 미란이 움직이질 않으니 집 안엔 적막감이 흐른다.

미란은 답답한 마음에 혼자 여행이나 떠나 볼까 생각하고 오붓과 상의를 한다.

오붓은 잠시 생각에 잠기더니,

[쌍둥이 별자리인 미란은 이 달에는 삶의 속도를 늦추고 무엇이든 심사숙고하면서 진행하는 방식을 택해 보자. 구미가 당기는 제안이나 호기심이 생기는 상대가 나타날 가능성이 높은데, 한 번에 'Yes'를 외치는 건 금물이다. 투자하거나 사치하기에도 적당한 시기는 아니다. 외부 활동보다는 침착하게 자신의 시간을 기다릴 때다. 행운의 날: 22일, 행운의 색: 레드]

오붓이 알려준 점괘는 침착하게 자신의 시간을 기다리라는, 다시 말하면 조심하라는 의미였다. 그 예언에 미란은 여행 계획을 접었다.

미란은 이런 무기력한 자신이 믿기도 하나 그나마 의지할 곳이라고는 오봇밖에 없는 미란으로서는 오봇의 점괘를 무시하고 뛰쳐나갈 용기도 없어진 지 오래다.

　시간이 흐르며 미란은 건강이 점차 나빠진다는 것을 알 수 있을 정도로 하루하루 몸의 변화를 느낀다.

　모처럼 떠올린 여행 계획이 오봇에 의해 좌절되자 미란은 마음 한편 오봇이 믿기도 하나 무기력하게 오봇의 말에 따라 움직이는 자신이 더 밉게 느껴지며 마음의 갈피를 못 잡고 방황한다.

제
4
장

희귀병

미란은 회사를 그만두고 이렇다 할 직업이 없이 지내면서 몸의 이상을 느끼기 시작한다. 자존심이 강하고 엘리트 의식이 강했던 미란으로서는 현재의 생활이 무척 힘든가 보다.

동네 정신건강과 의사의 진단을 받으니 강박관념 장애와 정신분열증 증세도 있다며 절대 안정할 것을 권하며 약 처방을 해 주었는데 별 효과가 없이 상태가 점점 악화돼 가는 것을 느낀다.

미란은 오봇과 같이 대학병원 뇌신경과에 가 뇌신경 분야 최고 권위자인 이길성 박사를 만나 진찰을 받는다. 이런저런 검사 끝에 이 박사는 고개를 갸우뚱하며 뇌신경의 뇌파가 매우 이상한 파장을 그리고 있다며 검사 결과를 미국으로 보내 자문을 구하겠다는 말을 듣고 미란은 불길한 예감을 떨쳐버리지 못하고 집으로 돌아온다.

대학병원에서의 검사 결과를 기다리는 동안 미란의 상태는 점점 악화되어 오봇의 얼굴이 시골 노인처럼 보이기도 하며, 어떤 때는 연일기획 마케팅 담당 장덕우 이사처럼 보이기도 한다.

미란은 아무것도 할 수 없는 무기력한 존재가 되었으며 오봇마저도 전기 레인지 화재 이후 음식 조리 기능이 마비되어 미란의 식사를 챙겨 줄 사람이 없어 그저 물만 마시면서 버텨 나가고 있다.

이십여 일이 지난 후 대학병원에서 연락이 와 오봇의 도움을 받아 힘겹게 병원에 도착하니 의사 선생님이 서둘러 방으로 안내하며 매우 심각한 얼굴로 이야기를 꺼낸다.

"미란 씨, 너무 놀라지 마세요. 미란 씨의 병명은 유감스럽게도 매우 희귀한 병 중 하나인 프레골리 증후군(Fregoli Delusion)으로 판명이 났습니다. 이는 망상적 희귀 질환의 일종으로 다른 사람이 외모만 바뀐 동일한 사람으로 믿으며, 변장한 사람이 자신을 공격한다고 믿는 망상증 질환입니다."

이 희귀병의 이름 프레골리 증후군은 무대 위에서 얼굴을 재빨리 바꾸는 능력을 가진 이태리 연극배우 레오폴도 프레골리(Leopoldo Fregoli)의 이름에서 따온 것이다.

"박사님, 치료는 가능한 병인가요? 어떻게 하면 나을 수 있나요?"

정신이 혼미한 미란을 대신해 오봇이 의사 선생님에게 간절한 마음으로 묻는다.

"이 희귀병은 2018년에 학계에 처음 보고된 후 전 세계적으로 50건 미만의 사례가 보고돼 있어 매우 드문 희귀병입니다. 아직 이렇다 할 치료약도 개발이 안 돼 있으며 항정신성 약물로 치료하면 약간 완화할 수 있다는 보고가 있는 정도입니다."

미란과 오복은 의사의 설명에 실망감을 감추지 못했으나 다른 뚜렷한 방법이 없어 힘없이 진료실을 나와 집으로 향했다.

마지막 몸부림

미란의 건강이 하루하루 눈에 띄게 나빠지자 오봇은 하루 온종일 머릿속에 의사 선생이 이야기한 프레골리 증후군에 대한 자료를 찾느라 자신의 신경망을 총동원한다.

며칠 간의 수소문 끝에 인도 난드라 싱 박사(Dr. Nandra Singh)에 대한 정보를 입수했다. 싱 박사는 뇌신경 전문 의사로서 특히 희귀성 뇌신경 질환을 깊이 연구하고 있으며 치료법을 찾기 위해 인도의 전통 생의학 치료법을 개발하는 학자로 소개되어 있다.

"싱 박사님, 도와주세요. 제 친구 미란이 프레골리 증후군 진단을 받고 사경을 헤매고 있습니다. 박사님께 서 치료법을 알려 주시면 고맙겠습니다."

"네, 아주 희귀한 병을 앓고 계시는군요. 그 병명은 어디서 확인하셨나요? 워낙 희귀한 병이라 진단을 내릴 병원이 그리 많지 않을 텐데…"

"한국의 대학병원에서 뇌파 검사를 하고 그 결과를 미국에 보내 확인한 결과입니다."

"네, 그렇군요. 한국과 미국에서 진단한 결과라니 믿을 만하군요. 저는 프레골리 증후군에 대해 깊이 연구를 하고 있으나 Case가 워낙 드물어 완전한 치료법은 아직 개발을 못 한 상태입니다. 제가 본 환자 23명 중 인도 전통 의학의 항정신성 약물 치료제로 효과를 본 케이스가 있습니다. 필요하시면 처방전을 보내드릴 테니 치료를 해 보시죠."

"네, 곧바로 보내주시면 감사하겠습니다. 그런데 인도 전통 생의학 원료라면 한국에서 쉽게 구할 수 있을까요?"

"인도 전통 생의학이라고 해서 특별한 것은 아니고 아시다시피 인도가 차로 유명하지요. 처방에 인도 차 성분이 들어 있어 쉽게 구할 수 있습니다."

오봇은 마지막 희망의 끈을 잡고 허리 굽혀 "감사합니다. 감사합니다" 대답한다.

미란의 사망

이틀 뒤 싱 박사의 처방전이 이 메일로 도착했다.

오봇은 처방전을 들고 한달음에 동네 약국으로 달려가 조제를 부탁했다.

약국에서는 영문으로 된 이상한 처방전을 보고는 오봇에게 자초지종을 물은 뒤 약 조제를 위해서는 한국인 의사의 처방이 필요하다며 되돌려 보낸다.

오봇은 집으로 돌아와 미란의 옆에 앉아 그동안 벌어진 일들을 설명하며 이제 처방전을 받았으니 약을 조제해 먹으면 나아질 것이라고 미란을 위로한다.

미란은 자기를 위해 최선을 다하는 오봇을 보고 눈시울을 적시며 오봇의 손을 꼭 잡는다.

오봇은 집을 나와 대학병원을 향해 발걸음을 옮기며

미란에게 희망을 빨리 주려고 걸음을 재촉한다.

"이 박사님, 제가 인도 유명 의사로부터 처방전을 받았어요. 약국에 가니 한국 의사의 처방이 필요하다 하여 박사님을 찾아 왔습니다. 여기 처방전이 있으니 이대로 처방을 좀 해 주세요."

이길성 박사는 약간 당황하며 머뭇거린다.

오봇이 건네준 처방을 보니 항정신병 치료약이 대부분이고 거기에 인도 차 성분이 섞인 동서양 의학의 혼합 처방전이다.

"저, 죄송한 말씀인데 처방전을 발급해 드릴 수 없습니다. 이 처방은 그 병에 맞는다는 임상 결과가 없이 인도 의사의 개인적 견해에 따라 처방된 것이니 제 이름으로 바꿔 처방을 해 드릴 수가 없습니다. 만일 이 처방대로 약을 복용하다 환자 상태가 악화되면 누가 책임을 지겠습니까?"

"박사님, 지난번 이 병에 대한 치료약이 없어 그냥 죽을 날만 기다리다 요행히 처방을 구해 왔는데 인간의 힘으로는 안 되더라도 끝까지 노력은 해 봐야 하지 않나요? 안락사도 원하면 해 준다는데 마지막 부탁이니 처방을 좀 해 주세요."

"죄송합니다. 현행 의료법으로는 불가능한 일입니다.
죄송합니다."

오봇은 인간 세계의 행동에 이해를 할 수가 없으나
달리 방법이 없어 무거운 발걸음으로 집으로 돌아왔다.

"미란, 대학병원의 이길성 박사를 만나고 왔어. 처방
전을 보시더니 반가워하며 약재료 중 희귀 재료가 있
어 구하는 데 시간이 좀 걸린데. 약이 준비되는 대로
연락을 준다 했으니 미란 용기를 내."

오봇은 미란에게 실망을 주기 싫어 입에서 술술 거
짓말을 내뱉는다.

"고마워. 오봇, 그런데 오봇이 나간 사이 꿈을 꾸었
는데 내가 죽어서 하늘나라로 가 우주를 막 떠다니는
꿈이야."

"정말? 미란, 사람이 죽으면 어떻게 돼? 죽는 이야기
무서워서 하고 싶지 않지만 궁금해."

"응, 사람이 죽으면 몸은 땅속에 묻혀 자연으로 돌아
가고 영혼은 하늘나라로 가 우주를 떠돌아다니게 돼.

그래서 사람이 죽으면 하늘나라로 갔다고들 말하지. 내가 죽으면 몸은 어머니가 계신 고향 땅에 묻히고 영혼은 우주로 날아가겠지."

미란은 금방 피곤한지 또 잠에 빠진다.

다음 날 아침 오봇이 미란의 방에 들어가 보니 미란은 여전히 깊은 잠에 빠져 있다. 조용히 미란이 누워 있는 침대 옆에 앉아 미란의 얼굴을 보니 천사같이 살짝 웃는 얼굴이다.

오봇의 뇌리에 입력된 미란의 맥박이 정지 상태이다. 오봇은 미란을 흔들어 깨우나 반응이 없다.

유언

미란은 20년 동고동락한 노르웨이 친구를 혼자 남겨 놓고 세상을 떠났다.

오봇은 미란의 소원대로 미란의 어머니가 잠든 양지바른 고향 땅 산소에 친구의 무덤을 마련하여 잠들게 했다.

장례를 치르고 집에 오니 적막감이 맴돌고 금방 미란이 웃으며 방문을 열고 나올 것 같은 환상에 오봇은 마음의 갈피를 잡지 못한다. 며칠을 꼼짝하지 않고 지낸 오봇이 기운을 차리고 미란의 유품을 정리하기 시작한다. 아직 미란의 체취가 남아 있는 옷가지들을 하나하나 상자 속에 접어서 넣고, 옆에 두고 사용하던 화장품들 그리고 장신구들을 종류별로 정리해 천 가방에

넣는다.

서재 방에 들어가 미란의 손때가 묻은 책상 서랍을 여니 두꺼운 사진첩이 눈에 띈다. 조심스레 겉장을 펼치니 사진들이 보인다. 처음 오봇이 미란 집에 도착할 때의 사진, 나로우주센터를 방문했을 때의 사진, 미란과 오손도손 고향 이야기를 나눌 때의 사진 등 오봇으로 하여금 지난 20년의 세월을 되감기 해주는 사진들이 눈앞에 펼쳐진다.

사진첩 마지막 장을 펼치자 흰 봉투가 보인다. 살며시 열어보니,

사랑하는 오봇!
너를 만나고 즐거운 시간을 가질 수 있게 해 주신 하나님께 감사드리며 이제 너와 헤어질 시간이 된 것 같아 여기 고마운 마음을 남기고자 이 편지를 쓰는 거야.

그동안 고마웠고 행복했어.

내 집에 온 후 큰 사고를 겪고 너의 몸 상태가 많이 나빠져 힘든 시간을 보낸 것 잘 알고 있어. 여기 네가 태어난 오슬로의 6Z사에 가서 입원을 하고 치료받을 수 있도록 비행기 표를 준비했으니 꼭 치료를 받도록 해.

그리고 건강한 몸으로 이번에는 왕자님을 만나 행복하게 살기를 기도할게….

사랑해 오봇.

- 2024년 10월 20일 친구 미란이가

편지를 읽고 난 후 한동안 오봇은 지금 눈앞에 무슨 상황이 벌어졌는지 멍한 상태로 기억이 없다.

한참이 지나 정신을 차리고 보니 편지와 같이 동봉한 비행기 티켓이 보인다.

탑승자 이름은 '휴봇 36'으로 오봇이 오슬로를 떠날

때 쓰인 이름으로 되어 있고 여행 루트는 Incheon-Oslo, Oslo-Incheon으로 된 왕복 항공권이다.

오봇은 잠시 생각에 잠기더니 편지와 비행기 티켓을 사진첩 속에 다시 집어넣는다.

서랍 속에는 미란이 쓰던 휴대폰이 놓여 있어 조심스레 켜보니 마지막으로 오슬로와 통화한 기록이 보인다. 얼른 버튼을 누르니 녹음된 목소리가 나오기 시작한다.

"네, 휴봇 36이 입원 치료를 받고자 전화를 합니다."

미란의 생전 마지막 목소리가 귓가에 들린다.

"그러시군요. 기록에 보니 휴봇 36은 지난 20년간 한 번도 A/S를 받은 적이 없군요. 저희 고객으로서는 매우 이례적인 케이스입니다. 휴봇 36은 오래전 조리 기능이 마비된 기록이 있고 그 후에는 어떤 상태인지 기록이 없습니다."

"네, 휴봇 36은 지금껏 A/S를 받은 적이 없어 상태가 좋지 않습니다. 입원 치료가 필요한데 치료비가 얼마나 드는지 제가 곧 송금을 해 드리겠습니다."

"고객님, 휴봇 36은 지난 20년간 A/S를 받지 않았으니 저희가 무료로 입원 치료를 해 드릴 수 있습니다. 오슬로에 오실 날짜를 알려 주시면 모든 입원 절차와 치료를 해 드리겠습니다. 그리고 휴봇 36은 20년 전 제작되어 한국에 간 로봇으로, 그 속에 입력된 자료 특히 동양인에 특화되어 입력된 자료들은 저희 회사에게는 귀중한 자료들이 많이 있습니다. 아시아 시장을 중히 여기는 저희들 휴봇 36이 가지고 있는 입력된 자료들 중 저희 회사가 필요한 것은 대금을 지급하고 사겠습니다. 그럼 휴봇 36으로부터 입원 날짜 연락을 기다리겠습니다."

"감사합니다. 휴봇 36과 상의해 입원 날짜를 알려드리겠습니다."

녹음된 내용을 다 듣고 난 오봇은 미란이 살아서 옆에 있다는 착각에 "미란, 미란. 고마워…" 하며 흐느껴 외친다.

새로운 주인

한 달여 시간이 지나 오봇은 미란의 집을 나와 새로운 주인을 찾아 나선다.

유치원을 운영하는 오십 대 후반의 원장이 원아들을 돌볼 도우미가 필요하다는 소식에 지원을 했다.

유치원에 들어서자 원장은 반가워하며 오봇을 맞이한다.

"아이들이 좋아하는 로봇 선생이 오셨네. 어서 와요. 이름이 뭐예요?"

"네, 오봇이라고 합니다."

"오봇, 반가워요. 그래 오봇은 무엇을 할 줄 아세요?"

"네, 저는 희귀병 환자를 돌볼 수 있고……."

"잠깐, 오봇. 방금 뭐라고 했어요? 희귀병 환자요?

아이고 끔찍해라. 아이들이 놀라겠어요. 우리가 필요한 사람은 아이들과 놀아주고 아이들 식사와 간식을 준비해 줄 도우미가 필요해요."

"죄송합니다. 저는 전기 레인지를 잘못 사용해 큰일을 당한 후부터 요리 기능을 상실해 음식을 못 합니다."

"됐어요. 더 이상 이야기를 들을 필요가 없겠어요. 그냥 돌아가세요."

오봇은 미안하다 인사를 하고 유치원을 나왔다.

그 후 다른 서너 곳을 찾아갔지만 미란에게 맞춰진 오봇에게 입력된 지식은 다른 사람에게는 맞지 않아 소용이 없었다.

제
5
장

우주여행 신청

미란을 떠나 보낸 후 이렇다 할 새로운 일자리를 구하지 못한 오봇은 미란의 생각에 온통 빠져 있다.

미란과 헤어지기 전 미란이 죽고 나면 하늘나라로 가 우주에서 살고 있을 것이라는 말이 떠오르자 오봇은 다시 나로우주센터를 찾아간다.

우주센터에는 예전에 만난 로봇과는 다른 로봇이 인사를 하며 묻는다.

"안녕하세요? 어떻게 오셨나요?"

"네, 심재훈 박사님을 뵈러 왔습니다."

"심재훈 박사님이요? 그런 분은 안 계신데… 무슨 일로?"

오늘 만난 로봇은 10년 전 몇 마디 정해진 대화 이외엔 알아듣지 못하던 로봇과는 달리 제법 긴 대화도 가능해 오봇은 반갑기도 하고 세월이 많이 흘렀음을 느낀다.

"네, 10년 전에 심 박사님을 뵈었는데 우주여행을 하고 싶으면 다시 찾아오라고 하셔서…"

"우주여행이요? 그건 아무나 하는 게 아닌데… 혹시 관광 코스 여행을 말씀하시는 거 아닌가요?"

오봇의 목소리가 커졌다.

"관광 코스가 아니고 진짜 우주여행이요."

오봇의 큰 목소리에 지나가던 연구원 복장의 신사가 다가와 무슨 일이냐고 묻는다.

심재훈 박사를 뵈러 왔고 목적은 우주여행 신청 때문이라 말하자 연구원은 예사로운 사연은 아니라 생각하고 오봇을 자기 방으로 들어오라 권한다.

오봇이 연구원 방에 들어서자 책상 위에는 온통 우주인 모형이 있고 한쪽 구석에는 위성이 머리에 전선줄을 온통 휘감고 있다. 오봇이 보기에 자기와 마찬가지로 뇌에 신경망을 가진 친구 위성이다.

"그래요. 심재훈 박사님은 은퇴를 하셨고, 기록에 보니 10년 전 오봇이 저희 우주센터를 처음 방문한 인공지능 로봇이었군요. 다시 만나서 반가워요. 저는 누리호 위성 개발 담당 오신탁 박사입니다. 이번에 저희 센터를 방문한 이유는 우주여행을 신청하고 싶어 오셨다고요?"

"네, 심 박사님이 우주여행을 하고 싶으면 다시 찾아오라고 하셨어요."

"잘됐어요. 그렇지 않아도 지금까지 인간이 우주 비행사가 되어 우주를 여행했는데 인간이 여행하는 데에는 아직 위험도 많이 따르고, 혹독한 훈련도 견뎌야 하기 때문에 지원자가 점점 줄어들고 있어요. 그래서 트랜스 휴먼을 우주선에 태워 우주로 보내는 가능성을 검토 중에 있습니다. 오봇의 뜻은 잘 알겠으니 다음번 발사 시 연락을 드리겠습니다."

한국 정부는 달 탐사선 발사 계획을 2020년에 계획했다가 몇 차례 수정을 하면서 2025년을 목표로 추진 중에 있다. 약 1년 뒤의 일로, 오봇이 우주센터를 방문한 것은 이 계획에 딱 맡는 시점이었다.

"감사합니다. 오 박사님. 꼭 연락 주시기 바랍니다."

우주인 훈련

　나로우주센터 오 박사로부터 연락이 왔다. 달 탐사선 다누리호에 승선할 우주인 훈련 계획이 확정되었으니 참여하라는 반가운 소식이다.

　이번 계획에는 3명의 우주인이 탐사에 나설 계획이며 인간 우주인 2명과 오봇이 참여하는 것으로 오봇은 인간 우주인과 같이 훈련을 받으며 업무를 수행하라는 임무를 부여받았다.

　오봇은 서둘러 채비를 하고 나로우주센터에 입소했다. 오봇의 꿈인 우주여행의 첫 단추가 끼워진 셈이다.

　우주 공간은 중력이 없는 상태로, 인간 신체에 많은 변화가 일어나는데 우선 몸의 균형 감각과 방향 감각을 잡기가 어려우며, 다양한 신체 변화 특히 혈압에 변화가 생긴다. 다리 혈압의 경우 1/10로 줄어들고, 혈액이 얼굴과 가슴에 몰려 붓게 되며 키는 8-9cm 정도 커지는 현상이 발생한다. 이러한 신체 변화에 적응하기 위해 인간 우주인은 반복적인 무중력 상태에서의 적응 훈련을 받는다. 그러나 오봇은 이런 혹독한 훈련 과정이 필요 없으며 인간 우주인은 산소 공급 장치 등 생명유지에 필요한 많은 장치들이 부착된 특수 우주복을 착용해야 하나 오봇은 이런 장치들이 생략된, 보다 간단한 우주복을 입으면 된다.

따라서 인간 우주인은 우주여행에 필요한 긴 시간의 훈련이 필요하나 오봇은 비교적 간단한 훈련이면 됐다. 대신 많은 실험에 필요한 측정 장비들을 운반 시험하기에 오봇은 그에 따른 별도의 교육이 필요했다.

두 명의 인간 우주인과 같이 공동생활이 시작됐다.

두 인간 우주인은 현역 공군 중위와 대위로 박 중위, 최 대위로 부르도록 지시를 받았다.

현역 공군 장교들이어서 전투기 조종 훈련을 통해 비행 중 기압 변화에 대한 이해나 기계 장치에 대한 기본적 이해도가 높아 훈련 기간을 많이 단축할 수 있는 좋은 점도 있었다.

6개월여의 혹독한 훈련 과정을 거쳐 드디어 우주선 발사 예정일이 확정되었다.

TV와 신문 지상에서는 연일 첫 달 탐사 우주선에 대한 기사로 도배가 되고, 우주선이 어떻게 비행을 하며 특히 달 탐사선의 달 착륙은 어떻게 이루어지는지 그동안 관심 밖이었던 우주공학 전공 교수나 과학자들이 제철 만난 듯 매스컴에 나와 설명을 하느라 분주하다.

그중 이번 계획에는 인공지능 로봇이 인간 우주인과 같이 달 탐사에 나선다는 발표에 온갖 매체들은 오봇의 탄생부터 살아온 길 등에 대해 깊은 관심을 가지며 보도를 한다. 오봇은 연일 보도되는 자신의 기사에 또다시 연예인 병에 걸린 사람처럼 우쭐해진다.

달 탐사선 발사

2025년 7월 18일 오후 17시 30분 우주선 다누리호의 발사 시간이 되었다.

마침 7월 18일은 오봇이 한국에 도착 미란을 처음 만난 날로서 지금껏 이날을 오봇의 생일로 정해 미란이 해마다 파티를 열어 주던 날이다.

방송사와 신문사 기자, 정부 관계 인사들이 나로우주센터에 모여들기 시작한다. 오후가 되자 많은 국민들이 몇 시간 뒤 일어날 엄청난 광경을 보기 위해 우주선 발사장 인근에 진을 치고 있고, 또 다른 국민들은 TV 앞에 앉아 발사 전 우주선의 비행 궤도, 대기권 진입 방법, 3단 추진 로켓의 제원, 달 표면에는 누가 제일 먼저 발을 디딜 것인지 등등 지금껏 듣지도 보지도 못한 설명을 들으며 공부를 하느라 고생들 한다.

모두들 머지않아 우주공학 학사 학위 정도는 받을
수 있는 수준에 도달할 것 같다.

드디어 다누리호의 발사 시간이 다가왔다.

머리 위에 달 탐사선 다누리호를 짊어진 3단 추진 로
켓의 웅장한 몸이 발사대 위에 얹혀져 서서히 육중한
몸체를 세우기 시작한다.

카운트다운이 시작되자 모두들 숨을 죽이며 마음속
으로 같이 숫자를 센다.

$$6 \cdots 5 \cdots 4 \cdots 3 \cdots 2 \cdots 1 \cdots 0$$

"발사."

로켓 하부에서 엄청난 굉음을 내며 흰 연기를 뿜어
낸다. 생전 처음 듣는 엄청난 굉음이 들린다. 마지막으
로 로켓 엔진이 있는 힘을 다해 연기를 뿜어내자 육중
한 몸체가 사뿐히 떠오르며 박차고 올라간다.

우주선 속 오봇은 "지구여 안녕" 손을 흔들며 인사를 하고 로켓은 하늘을 향해 비상을 한다.

지구에서 달까지의 거리는 384,400Km로 계획상으로는 나흘 뒤에 달에 도착할 예정이다.

잠시 뒤 TV 화면에 출발 127초 뒤 1단 로켓이 분리되었다는 보도가 나오고 시야에서 사라진 233초 뒤 다누리호에서 페어링이 분리됐다는 보도가 나온다.

페어링이란 우주발사체가 대기권을 통과해 안정적인 우주 공간으로 나갈 때까지 공기 저항과 마찰열 등으로부터 본체를 보호하기 위해 부착한 덮개가 로켓이 대기권을 벗어난 후에는 더 이상 쓸모가 없고 무게만 차지하기 때문에 분리시키는 것을 말한다.

페어링 분리가 성공하고 발사 274초 뒤 2단 로켓도 성공적으로 분리되었다는 나로센터의 발표에 또다시 온 국민이 환호한다. 이제 로켓이 대기권 밖으로 무사히 비행하고 있어 일단은 안심할 단계이며, 지구 궤도를 정상적으로 비행하는지 여부는 남극 관측소 등 몇 군

데 관측소를 통과할 때 수신되는 전파를 이용해 발사체의 정상 궤도 비행 여부를 확인한다.

하늘 상공에는 아무것도 보이지 않는데 관람객들은 여전히 목을 뒤로 젖히고 허공을 쳐다보고 있으며 많은 국민들은 조금 전 흥분을 가라앉히고 해설자의 설명에 귀를 기울인다.

다음 날 신문에 다누리호가 정상 비행 중임을 확인했다는 나로우주센터 소장의 발표가 있었으며 나흘 뒤에는 달 표면에 접근할 계획이라고 공식 발표했다.

우주선에 탄 오봇은 다른 두 우주인 오 중위와 최 대위의 지시를 받으며 쉴 새 없이 계기판의 눈금들을 확인하며 이상 유무를 점검하느라 바쁘다.

오 중위와 최 대위는 출발 전부터 긴장이 되었던지 피곤이 찾아오나 오봇은 눈이 말똥한 채 신기한 듯 주어진 임무를 열심히 수행하고 있다.

오봇 달 탐사

2025년 7월 22일 다누리호는 드디어 달 궤도에 진입, 달 착륙을 준비한다.

다누리호는 지난 나흘 동안 초속 14.5Km, 총알보다 빠른 속도로 지구를 떠나 달 궤도에 도착했다.

우주선 선장 최 대위가 착륙 준비 명령을 내린다.

달 착륙선에는 선장 최 대위와 오봇이 탑승하도록 되어 있으며, 오 중위는 본선에 남아 나로우주센터와 달 착륙선의 교신을 중계하는 임무를 맡았다.

최 대위와 오봇은 조심스레 달 착륙선 지붕에 있는 본체와 연결된 도킹 터널을 쳐다본다.

달 탐사선은 높이 7m, 직경 5m, 무게가 16. 5톤에 달하며 네발에 완충기가 달린 구조로 마치 겉보기에는 거미같이 생긴 것이 탐사선의 무게를 줄이려고 디자인한 다소 엉성하고 투박한 모양이다.

탐사선에는 이착륙과 우주인 활동에 꼭 필요한 연료 탱크와 산소 탱크가 있고, 작은 창을 통해 외부 달 표면을 볼 수 있게 돼 있으며 계기판에는 600여 개의 스위치와 70여 개의 지시등이 있어 임무 수행을 돕고 있다.

탐사선 좌우에는 우주인이 달 표면 조사를 위해 출입할 수 있도록 두 개의 해치가 있다.

착륙 준비 완료 신호가 떨어지자 최 대위와 오봇은 천장에 있는 도킹 터널을 통해 조심스레 탐사선으로 이동한다. 통신 케이블을 통해 지상 우주센터와 교신하는 내용이 귓전을 때린다. 최 대위는 탐사선으로 옮긴 후 행동 하나하나를 본선에 보고하며 탐사선을 조정하기 시작한다.

달 탐사선의 이름은 다누리를 줄인 "누리"라 명명하였다.

"누리, 누리 여기는 지상센터. 현재 상태 보고하라."

"나로, 나로 여기는 누리. 현재 상태 이상 무. 착륙 준비 완료."

나로우주센터에서도 모든 것이 이상 없음을 확인한다.

최 대위는 고도 15Km 상공에서 하강 준비를 위해 8분간 역추진 로켓으로 속도를 천천히 줄여 나간다. 고도 2.5Km 지점부터 최 대위는 긴장을 하며 수동 조작으로 조심스레 달 표면에 접근한다.

갑자기 동체가 기우뚱하며 충격이 온다. 달 표면에 무사히 안착한 것이다.

"나로 나로, 여기는 누리. 2025년 7월 23일 00시 29분 누리 무사히 달 표면에 착륙."

나로우주센터에서 모니터를 뚫어져라 쳐다보던 직원들이 얼싸안고 눈물을 흘리며 환호성을 지른다.

TV에서도 착륙 성공 소식이 전해지자 온 국민이 환호하며 기쁨을 감추지 못한다. 다음 날 모든 조간신문의 첫머리에는 "다누리 달 착륙 성공"이라고 36포인트

활자 크기로 대서특필되었다. 특별 편집판으로 착륙선 다누리의 개발 과정, 착륙선 우주인 최 대위에 대한 기사와 함께 오봇에 대한 기사로 지면이 도배가 되어 독자들 손에 배달되었다.

사회관계망 SNS에는 오봇과 미란의 삶에 대한 많은 후기가 달려 있어 그것을 읽는 것만으로도 한 권의 소설책을 읽는 것과 다름이 없을 정도이다.

오봇 달에 잠들다

　잠시 후 오봇은 누리의 해치를 열고 밖으로 나와 달 표면에 발을 딛는다. 처음으로 달 표면에 나서는 작업이라 만일의 사태에 대비해 우선 오봇이 달 표면에 10여 분 활동을 하고 이상 없음을 확인한 뒤 최 대위가 달 표면으로 나오도록 계획이 되어 있다.

　오봇의 우주복에는 35mm 정지 화상 카메라와 컴퓨터 모니터 그리고 컬러 TV 카메라가 장착돼 있어 오봇이 움직일 때마다 모든 것이 화면을 통해 지구로 전송이 되며, 우주복 헬멧에 부착된 카메라는 오봇이 고개를 돌릴 때마다 사진을 찍어 자동으로 지구에 전송이 된다.

　오봇은 고향에 온 듯 신이 나서 이리저리 껑충껑충

뛰며 수많은 자료를 나로우주센터에 전송한다. 인간 우주인은 산소통 등 생명 유지 장치의 제한된 용량으로 많은 활동을 기대하기 어려우나 오봇은 그런 문제 없이 주어진 임무를 차질없이 척척 수행한다.

뒤이어 최 대위가 선체 밖으로 나와 달 표면에 첫발을 내디딘다. 오봇은 그 역사적 순간을 놓치지 않고 카메라로 찍어 컴퓨터 모니터를 통해 지구에 보낸다.

또다시 나로우주센터에서는 환호성이 울려 퍼진다.

최 대위는 우주복에서 작은 태극기를 꺼내 달 표면에 꽂는다. 지구의 작은 나라 대한민국에서 환호성이 터지고 그 소리가 우주선에까지 들린다.

최 대위와 오봇은 달 표면을 다니며 흙을 채취하고, 특히 위험한 곳인 달 표면의 분화구 속을 오봇이 들어가 토양을 채취해 최 대위에게 건넨다. 지금껏 미국을 비롯해 몇몇 나라에서 달 표면의 토양을 채취한 적은 있으나, 위험한 분화구 속의 토양은 그 누구도 채취한 적이 없는 귀중한 연구 자료로 오봇이 그 일을 거뜬히 해낸 것이다.

두어 시간의 작업을 끝내고 최 대위는 먼저 탐사선으로 돌아가 탈출 준비를 한다. 출발 엔진에 시동을 걸고 탈출을 위해 우주센터에 보고한 후 출발 허가를 받는다.

그사이 오봇은 아직도 달에 머물며 작업을 계속한다.

오봇은 탐사선이 출발하기 전 하나의 정보라도 더 수집하려는 욕심에 탐사선에서 점점 멀리 떨어진다.

최 대위가 출발 준비를 완료하고 오봇에게 귀환 명령

을 내린다.

"오봇, 출발 준비 완료. 탐사선으로 귀환하라."

응답이 없자 최 대위는 다시 한번 명령한다.

"오봇, 귀환하라. 귀환하라."

잠시 후 오봇과 연결된 화면이 사라지고 까맣게 보인다. 최 대위는 예기치 못한 갑작스러운 상황에 당황하며 소리친다.

"오봇, 오봇, 대답해. 오봇."

선실 계기판에는 OFF 사인이 나타난다. 오봇과의 통신선이 끊어진 것이다.

최 대위는 급히 나로우주센터에 상황을 보고한다.

"나로 나로, 긴급 상황 발생. 오봇과의 통신이 두절되었습니다."

나로우주센터에서도 최 대위의 보고를 받자마자 온갖 기기의 상태를 점검하며 통신 두절의 원인을 찾느라 분주히 움직이기 시작한다.

"누리 누리, 연료 탱크의 연료는 얼마 남아 있나?"

최 대위는 이마에 식은땀을 흘리며 연료 탱크의 계

기판 눈금이 숫자 20을 가리키고 있음을 확인한다.

"연료 숫자 20, 앞으로 10분 정도의 시간은 여유가 있습니다."

"그럼 조금 더 오봇을 기다려 보도록…."

최 대위는 다시 한번 소리 높여 외친다.

"오봇, 들리나. 즉시 귀환하라. 귀환하라 명령이다."

이때 나로우주센터 소장이 앞에 놓인 수십 대의 TV 화면을 흩어보며 다급히 통신한다.

"누리 누리. 탐사선이 지구 귀환선과 도킹할 시간이 30분여밖에 남아 있지 않다. 그냥 출발하라. 이번 도킹 시간을 놓치면 다시 24시간을 기다려야 하는데 탐사선이나 귀환선의 연료가 충분하지 않아 이번 도킹 시간을 놓치면 모두 우주 미아가 된다. 출발하라."

나로우주센터 소장이 지적한 얼마 남지 않은 탐사선과 귀환선의 도킹 가능 시간뿐 아니라 3시간 뒤에는 달에 밤이 찾아와 14일간 해가 전혀 없다. 이 기간 탐사선은 전원을 모두 끄고 정전 모드로 전환하여 전력을 아낀 후 태양을 볼 수 있는 14일 후에나 다시 전력 가동이 가능하다. 더 이상 지체 시 모든 계획이 수포로 돌아갈 위기에 처해 있다.

나로우주센터 소장의 명령에 최 대위는 캄캄한 달 표면을 쳐다보며 또다시 외친다.

"오봇, 돌아오라. 빨리 돌아오라. 오봇."

한편 오봇은 임무를 마치자 우주복에 연결돼 있던 많은 통신 케이블들을 뜯어내고 지구와의 교신을 끊은 후 달 표면을 껑충껑충 뛰며 소리친다.

"미란, 미란 나 오봇이야. 내가 왔어. 미란이 하늘나라에 있다고 해서 내가 왔어. 미란 어~디~있~어~?"

"미란, 내가 왔어~"

"미란이 보고 싶어 내가 왔어. 나 오봇이야. 어디~ 있어, 미란?"

공기가 없는 달에서 오봇의 목소리는 메아리 없이 흩어진다.

일주일 뒤 나로우주센터는 오봇이 우주여행을 위해 출국 시 필요해 만든 오봇의 여권을 공개하며 오봇의 사망 소식을 공식 발표한다.

대한민국 REPUBLIC OF KOREA

여권 PASSPORT

성명/Name
휴봇 36(Hubot 36)

여권 번호/Passport No.
SC82121520

국적/Nationality
대한민국(The Republic of Korea)

생년월일/Date of birth
18 Jul 2004

성별/Sex
무(None)

출생지/Birth place
오슬로 노르웨이(Oslo, Norway)

발급일/Date of issue
23 Nov 2024

발급관청/Authority
Ministry of foreign affairs and trade

미래는 꿈을 가진 사람들의 시간입니다.

미래는 성별도 나이도 묻지 않습니다.

꿈을 가지세요.

그리고 다가오는 미래의 주인이 되세요.

감사합니다.